BARRACUD

literatura para niños

Derechos reservados

© 2009, Jorge Luján (texto) www.jorgelujan.com
© 2009, Isol (ilustraciones) www.isol-isol.com.ar
© 2009, Editorial Almadía S. C.
        Avenida Independencia 1001–Altos
        Col. Centro, C. P. 68000
        Oaxaca de Juárez, Oaxaca
        Dirección fiscal:
        Calle 5 de Mayo, 16 – A
        Santa María Ixcotel
        Santa Lucía del Camino
        C. P. 68100, Oaxaca de Juárez, Oaxaca
© 2009, Proveedora Escolar S. de R. L.

www. almadia.com.mx

Primera edición: noviembre de 2009
ISBN: 978-607-411-032-6

Este libro se imprimió gracias al apoyo
del Fondo Editorial Ventura A. C.

Impreso y hecho en México

Pantuflas de perrito

Poemas de **Jorge Luján**
(con el aporte de niños latinoamericanos)

Ilustraciones de **Isol**

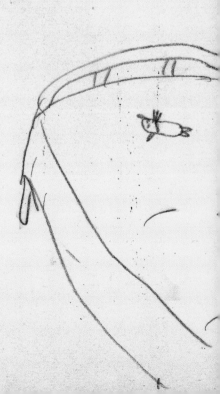

Almadía

Este libro surgió de una sorprendente invitación de Marina Kriscautzky, de la UNAM, y Miriam Martínez, del FCE, para que escribiera un conjunto de poemas con la participación de niños latinoamericanos a través de Internet, en un sitio ideado por Emilia Ferreiro: www.chicosyescritores.com. Yo propondría un tema, los niños aportarían anécdotas y luego compartiría con ellos "la cocina de la creación poética". En ese momento no imaginé que comenzaba una experiencia humana y creativa inolvidable, ni que esta llegaría a ser un libro con la colaboración entusiasta y talentosa de Isol, mi compañera en tantos proyectos.

Jorge Luján

Para mi tía Josefina y su corazón generoso

Jorge

Para Simona y Belinda, amigas felinas
que saben más de lo que dicen

Isol

Me quiero comprar
un caniche toy
negro,
mujer,
bebé,
que se llame Olivia.

¿Sabes dónde vive?

Mi changuito y yo
nos parecemos en todo
menos en las patas,
en el pelo,
en el cuerpo,
en el hocico,
en la ropa
y en que yo no apesto.

Chiquilín es ocre, negro y amarillo.
Cuando llegó era tan pequeño
que cabía en mis pantuflas de perrito.

Ya no recuerda
que lo atropelló una camioneta,
ni que lo pusimos en una caja
con abrigo y leche fresca.

Ahora es tan grande
que no cabe ni en su nombre,
¡y cómo aúlla
cuando pasan los bomberos
soltando su sirena en la noche!

Mi conejita es capaz de entenderte:
cuando estás triste enseguida lo siente,
y aunque ande en cuatro patas
y te muerda con ganas
es más buena que la más buena gente.

Yo
hago
pompas
de
jabón
y
mi
perra
Pola
las
truena
con
la
cola.

Mi tortuga Coco es alegre,
y es verde,
y es lenta,
salvo cuando se cae
por las escaleras.

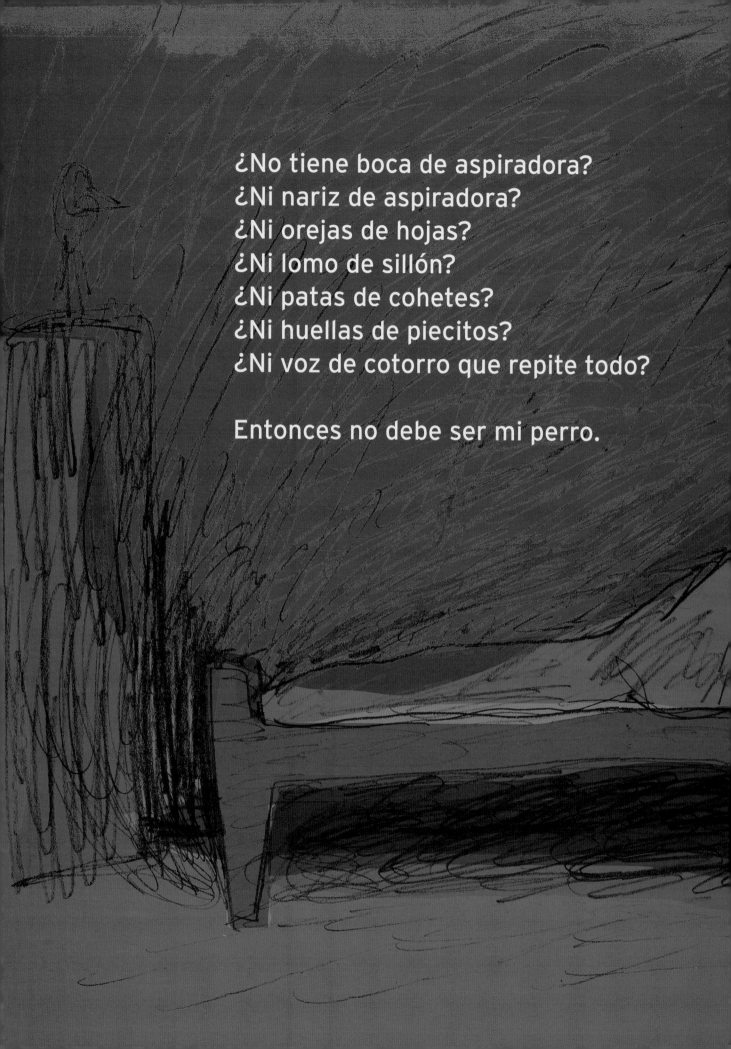

¿No tiene boca de aspiradora?
¿Ni nariz de aspiradora?
¿Ni orejas de hojas?
¿Ni lomo de sillón?
¿Ni patas de cohetes?
¿Ni huellas de piecitos?
¿Ni voz de cotorro que repite todo?

Entonces no debe ser mi perro.

La marmota rrruge
porque no le gusta
la poesía,
y los maestros la obligan
a escribir poemas
que no sirven.

La vida es buena.
Mishina la mejora
si se estropea.

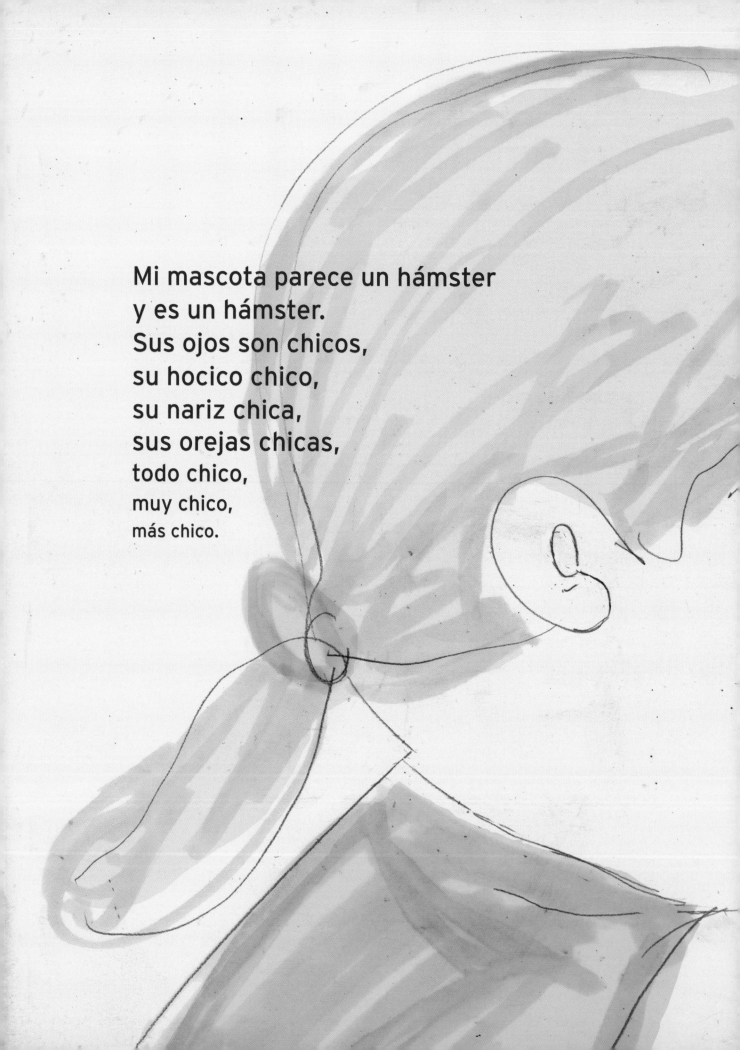

Mi mascota parece un hámster
y es un hámster.
Sus ojos son chicos,
su hocico chico,
su nariz chica,
sus orejas chicas,
todo chico,
muy chico,
más chico.

El
cotorrito
habla
y come maíz.

Es
su manera
de ser feliz.

En dos patas
parece equilibrista,
en cuatro
mueve la colita,
en nada
parece una almohada.

¿Adivinas...
　　　　　o te das?

Pantuflas de perrito contó con la cálida y creativa colaboración de:

Azul Smith Johnson (9 años; Guadalupe, Nuevo León, México)
Clarisa Martínez Lima (7 años; Buenos Aires, Argentina)
Daniela Martínez Hernández (10 años; Monterrey, México)
Francisco Elliot Gallegos Mendoza (12 años; DF, México)
Jesús Salvador Malo Estrella (8 años; DF, México)
Jorge Eduardo Hersch González (9 años; DF, México)
María del Carmen Vega Martínez (13 años; Aguascalientes, México)
Mauricio Pérez Hernández (9 años; DF, México)
Miguel Ángel Reyes Carvajal (12 años; DF, México)
Sebastián García Herrera (5 años; DF, México)
Sol Valeska Ceballos Riebel (9 años; Ushuaia, Argentina)

Para ellos y los cerca de cien niños que nos escribieron,
nuestra gratitud y alegría.

PANTUFLAS DE PERRITO

de Jorge Luján, ilustrado por Isol,
se terminó de imprimir y encuadernar en
noviembre de 2009, en los talleres de Grupo CAZ,
Marcos Carrillo 157, Colonia Asturias,
Delegación Cuauhtémoc, México, DF.

Para su composición tipográfica
se empleó la familia Interstate Mono de 20:25
y 12:16. La impresión de los interiores se realizó
sobre papel Couché Sappi de 150 gramos.
El tiraje consta de tres mil ejemplares.

Este libro pertenece a la colección Barracuda,
un cardumen de obras audaces que
te atraparán entre sus páginas.